KB099452

사진관집 이층

사진관집 이층

신 경 림 시 집

창비

차 례

제1부 ___

정릉동 동방주택에서 길음시장까지 008

불빛 011

나의 마흔, 봄 014

안양시 비산동 489의 43 016

가난한 아내와 아내보다 더 가난한 나는 018

봄비를 맞으며 020

찔레꽃은 피고 022

다시 느티나무가 024

세월청송로(歲月靑松老) 025

먼 데, 그 먼 데를 향하여 028

강마을이 안개에 덮여 030

설중행(雪中行) 031

쓰러진 것들을 위하여 032

제2부 ___

윤무(輪舞) 034

초원(草原) 035

역전 사진관집 이층 036

몽유도원(夢遊桃源) 038

황홀한 유폐(幽閉) 040

재회　041

네 머리칼을 통해서, 네 숨결을 타고　042

정릉에서 서른해를　044

가을비　046

별　047

호수　048

달빛　049

이 한장의 흑백사진　050

이쯤에서　051

당당히 빈손을　052

제3부 ___

두메양귀비　054

남포 갈매기　056

원 달러　059

위대한 꿈　062

드네쁘르 강, 아름답고 아름다운　064

낯선 강마을에서의 한나절　066

신발들　068

말　070

블리야뜨의 소녀　071

이 땅에 살아 있는 모든 것을 위하여 072

이제 인사동에는 밤안개가 없다 074

담담해서 아름답게 강물은 흐르고 076

멀리서 망망한 제주를 078

제주에 와서 080

제4부 ___

유성(流星) 084

나의 예수 085

새, 부끄러움도 모른 채 086

빙그레 웃고만 계신다 088

누구일까 090

카운터에 놓여 있는 성모마리아상만은 091

마음이 가난한 자는 복이 있나니 094

인생은 나병환자와 같은 것이니 096

빨간 풍선 098

섬 100

옛 나루에 비가 온다 102

발문 | 이경철 104

시인의 말 119

제1부

정릉동 동방주택에서 길음시장까지

정릉동 동방주택에서 길음시장까지, 이것이
어머니가 서른해 동안 서울 살면서 오간 길이다.
약방에 들러 소화제를 사고
떡집을 지나다가 잠깐 다리쉼을 하고
동향인 언덕바지 방앗간 주인과 고향 소식을 주고받다가,
마지막엔 동태만을 파는 좌판 할머니한테 들른다.
그이 아들은 어머니의 손자와 친구여서
둘은 서로 아들 자랑 손자 자랑도 하고 험담도 하고
그러다보면 한나절이 가고,
동태 두어마리 사들고 갔던 길을 되짚어 돌아오면
어머니의 하루는 저물었다.
강남에 사는 딸과 아들한테 한번 가는 일이 없었다.
정릉동 동방주택에서 길음시장까지 오가면서도
만나는 사람이 너무 많고
듣고 보는 일이 이렇게 많은데
더 멀리 갈 일이 무엇이냐는 것일 텐데.

그 길보다 백배 천배는 더 먼,

어머니는 돌아가셔서, 그 고향 뒷산에 가서 묻혔다.
집에서 언덕밭까지 다니던 길이 내려다보이는 곳,
마을길을 지나 신작로를 질러 개울을 건너 언덕밭까지,
꽃도 구경하고 새소리도 듣고 물고기도 들여다보면서
고향살이 서른해 동안 어머니는 오직 이 길만을 오갔다.
등 너머 사는 동생한테서
놀러 오라고 간곡한 기별이 와도 가지 않았다.
이 길만 오가면서도 어머니는 아름다운 것,
신기한 것 지천으로 보았을 게다.

어려서부터 집에 붙어 있지 못하고
미군 부대를 따라 떠돌기도 하고
친구들과 어울려 먼 지방을 헤매기도 하면서,
어머니가 본 것 수천배 수만배를 보면서,
나는 나 혼자만 너무 많은 것을 보는 것을 죄스러워했다.
하지만 일흔이 훨씬 넘어
어머니가 다니던 그 길을 걸으면서,
약방도 떡집도 방앗간도 동태 좌판도 없어진

정릉동 동방주택에서 길음시장까지 걸으면서,
마을길도 신작로도 개울도 없어진
고향집에서 언덕밭까지의 길을 내려다보면서,
메데진에서 디트로이트에서 이스탄불에서 끼예프에서
내가 볼 수 없었던 많은 것을
어쩌면 어머니가 보고 갔다는 걸 비로소 안다.

정릉동 동방주택에서 길음시장까지,
서른해 동안 어머니가 오간 길은 이곳뿐이지만.

불빛

1

느티나무를 돌고 마을 앞을 지나 신작로로 나가면
종일 통통대며 쌀겨를 날리는 정미소가 있고
매화가 피어 담 밖을 넘겨다보는 연초조합이 있었다.
병원이 있고 싸전 앞에 말강구네 밤나무집이 있고
그 아래 친구네 어머니가 빈대떡을 부치는 술집은
구수한 참기름 내와 술 취한 사람들로 늘 붐볐다.
양조장과 문방구와 잡화점과 포목점을 지나야
할머니와 삼촌이 국수틀을 돌리는 가게가 있었다.
할머니가 구워주는 국수 꼬랑지를 먹으러
나는 하루에도 여러차례 이 길을 오고 갔다.
어두워도 나는 이 길을 두려워하지 않았다.
가게마다 대롱대롱 매달린 전깃불이 동무였다.

2

그날이면 아버지와 당숙들은 흰 두루마기를 차려입었다.
노란 들국화와 보랏빛 쑥부쟁이가 깔린 산자락을 오르면
갓을 쓴 일가 할아버지와 아저씨들이 모여 있었다.

산소에 돌아가며 절을 하고 나면 할아버지들은
콧물을 훌쩍이는 우리들의 주머니를 다투어
대추와 밤과 곶감과 다식으로 채워주었다.
어른들은 이내 둘러앉아 술과 부침개를 먹으면서
누가 죽고 누가 잡혀갔다며 목소리를 죽였지만
모처럼 모인 아이들은 구슬치기로 신명이 났다.
돌아오는 길에 아버지와 당숙들은 주막엘 들르고
먼저 돌아온 우리가 마중을 가야 자리를 뜨는데
비틀대는 어른들 어깨 너머엔 둥그런 달이 떠 있었다.

   3
장날이 우리 집은 그대로 잔칫날이었다.
아버지 광구에서 일하는 광부의 아낙들이 몰려와
아침부터 할머니와 어머니는 국수를 삶고 전을 부쳐댔고
아이들까지 따라와 종일 북새를 쳤다.
억센 사투리로 늘어놓는 돈타령 양식 타령이
노래판으로 바뀔 때쯤엔 남정네들도 한둘 나타나
어느새 마당에서는 풍물이 벌어지기도 했으나

이런 날일수록 아버지는 늦어서야 돌아왔다.
할머니를 따라가 광에서 홀쭉한 쌀자루를 들고
사내와 아이들을 챙겨 뒷문을 나서는
아낙들의 어깨는 축 처져 있었다.
이윽고 어둠이 깔리기 시작한 마을 뒷길에서
새파란 칸델라 불빛이 도깨비불처럼 흔들렸다.

나의 마흔, 봄

웬 낯선 사람이 들어와 자느냐고 고함을 지르는 할머니와
아들도 몰라보는 데 화가 난 아버지가 대들어 싸우던,
나는 그 봄이 싫다.
마당가에는 앵두꽃이 지고 작약이 피기 시작했지만
봄이 다 가도록 흙바람이 자지 않던,
눈을 뜨고도 간밤의 과음으로 자리에서 못 일어나는 몸
에서
매캐한 최루탄 냄새가 떠나지 않던, 마흔이 싫다.
바쁜 것은 늘 어머니 혼자여서 뒷산에 가 물을 긷고,
등교하는 어린 손자들의 과제물을 챙기고 도시락을 싸던,
진종일 뿌연 채 다시는 맑은 하늘이 보일 것 같지 않던,
지금도 꿈속에서 찾아가는, 그 봄이 싫다.
그리워서 찾아가는 나의 젊은 날이 싫다.
아무것도 하는 일 없이 빈둥대다가 저녁이 되면
친구들을 만나 터무니없이 들뜨던 술집이 싫고,
통금에 쫓겨 헐레벌떡 돌아오면 늦도록 기다리다
문을 따주던 아버지의 앙상한 손이 싫다.
중풍으로 저는 다리가 싫고

죽은 아내의 체취가 밴 달빛이 싫다.
지금도 꿈속에서 찾아가는, 어쩌다 그리워서 찾아가는
어쩌면 다시는 헤어나지 못한다는,
헤어나도 언젠가 다시 닥칠지 모른다는 두려움에 떨던,
나의 마흔이 싫다.

안양시 비산동 489의 43

이 지번에서 아버지는 마지막 일곱해를 사셨다.
아들도 몰라보고 어데서 온 누구냐고 시도 때도 없이 물어쌓는
망령 난 구십 노모를 미워하면서,
가난한 아들한테서 나오는 몇푼 용돈을 미워하면서,
절뚝절뚝 산동네 아래 구멍가게까지 걸어내려가
주머니에 사 넣는 한갑 담배를 미워하면서,
술 취한 아들이 밤늦게 사들고 들어와
심통과 함께 들이미는 군밤을 미워하면서,
너무 반가워, 그것도 너무 반가워
말보다 먼저 나가는 야윈 손을 미워하면서,

돌아가셔도 눈물 한방울 안 보일,
남편의 미운 짓이 미워 눈물 한방울 안 보일
아내를 미워하면서,
시신을 덮은 홑이불 밖으로 나온
그의 앙상한 발을 만지며 울 막내를 미워하면서,
고향 선산까지 그를 실어갈 낡은 장의차를 미워하면서,

죽어서도 떠나지 못할 산동네를 미워하면서,
산동네를 환하게 비출 달빛을 미워하면서,

안양시 비산동 489의 43,
이 지번에서 아버지는 지금도 살고 계신다.

가난한 아내와 아내보다 더 가난한 나는

떠나온 지 마흔해가 넘었어도
나는 지금도 산비알 무허가촌에 산다
수돗물을 받으러 새벽 비탈길을 종종걸음 치는
가난한 아내와 함께 부엌이 따로 없는 사글셋방에 산다
문을 열면 봉당이자 바로 골목길이고
간밤에 취객들이 토해놓은 오물로 신발이 더럽다
등교하는 학생들 틈에 섞여 화장실 앞에 서서
발을 동동 구르다가 잠에서 깬다
지금도 꿈속에서는 벼랑에 달린 달개방에 산다
연탄불에 구운 노가리를 안주로 소주를 마시는
골목 끝 잔술집 여주인은 한쪽 눈이 멀고
삼분의 일은 검열로 찢겨나간 외국 잡지에서
체 게바라와 마오를 발견하고 들떠서
떠들다보면 그것도 꿈이다
지금도 밤늦게 술주정 소리가 끊이지 않는
어수선한 달동네에 산다
전기도 없이 흐린 촛불 밑에서
동네 봉제공장에서 얻어온 옷가지에 단추를 다는

가난한 아내의 기침 소리 속에 산다
도시락을 싸며 가난한 자기보다 더 가난한 내가 불쌍해
눈에 그렁그렁 고인 아내의 눈물과 더불어 산다

세상은 바뀌고 바뀌고 또 바뀌었는데도
어쩌면 꿈만 아니고 생시에도
번지가 없어 마을 사람들이 멋대로 붙인
서대문구 홍은동 산 일번지
떠나온 지 마흔해가 넘었어도
가난한 아내와 아내보다 더 가난한 나는
지금도 이 번지에 산다

봄비를 맞으며

그 여자가 하는 소리는 늘 같다.
내 아들을 살려내라 내 아들을 살려내라.
움막집이 헐리고 아파트가 들어서고
구멍가게 자리에 대형 마트가 들어섰는데도
그 여자는 목소리도 옷매무새도 같다.
공중전화 부스 앞에 줄을 서는 대신
모두들 제 스마트폰에 분주하고
힘들게 비탈길을 엉금엉금 기는 대신
지하철로 땅속을 달리는데도
장바닥을 누비는 걸음걸이도 같다.
용서하지 않을 거야 용서하지 않을 거야.

세상이 달라졌어요 할머니 세상이.
이렇게 하려던 내 말은 그러나 늘 목에서 걸린다.
어쩌면 지금 저 소리는 바로
내가 내고 있는 소리가 아닐까.
세상이 두렵고 내가 두려워
속으로만 내고 있는 소리가 아닐까.

아무도 듣지 않는, 아무도 들으려 하지 않는,
올해도 죽지 않고 또 온 그 여자의
각설이타령을 들으며 걷는
달라진 옛날의 그 길에 시적시적 봄비가 내린다.

찔레꽃은 피고

이웃 가게들이 다 불을 끄고 문을 닫고 난 뒤까지도 그애는 책을 읽거나 수를 놓으면서 점방에 앉아 있었다. 내가 멀리서 바라보며 서 있는 학교 마당가에는 하얀 찔레꽃이 피어 있었다. 찔레꽃 향기는 그애한테서 바람을 타고 길을 건넜다.

꽃이 지고 찔레가 여물고 빨간 열매가 맺히기 전에 전쟁이 나고 그애네 가게는 문이 닫혔다. 그애가 간 곳을 아는 사람은 없었다.

오랫동안 그애를 찾아 헤매었나보다. 그리고 언제부턴가 그애가 보이기 시작했다. 강나루 분교에서, 아이들 앞에서 날렵하게 몸을 날리는 그애가 보였다. 산골읍 우체국에서, 두꺼운 봉투에 우표를 붙이는 그애가 보였다. 활석 광산 뙤약볕 아래서, 힘겹게 돌을 깨는 그애가 보였다. 서울의 뒷골목에서, 항구의 술집에서, 읍내의 건어물점에서, 그애를 거듭 보면서 세월은 가고, 나는 늙었다. 엄마가 되어 있는, 할머니가 되어 있는, 아직도 나를 잊지 않고 있는 그애를 보면서 세월은 가고, 나는 늙었다.

　하얀 찔레꽃은 피고,
　또 지고.

다시 느티나무가

고향집 앞 느티나무가
터무니없이 작아 보이기 시작한 때가 있다.
그때까지는 보이거나 들리던 것들이
문득 보이지도 들리지도 않는다는 것을 알면서
나는 잠시 의아해하기는 했으나
내가 다 커서거니 여기면서,
이게 다 세상 사는 이치라고 생각했다.

오랜 세월이 지나 고향엘 갔더니,
고향집 앞 느티나무가 옛날처럼 커져 있다.
내가 늙고 병들었구나 이내 깨달았지만,
내 눈이 이미 어두워지고 귀가 멀어진 것을,
나는 서러워하지 않았다.

다시 느티나무가 커진 눈에
세상이 너무 아름다웠다.
눈이 어두워지고 귀가 멀어져
오히려 세상의 모든 것이 더 아름다웠다.

세월청송로(歲月靑松老)*

1

민병산 선생*은 회갑 바로 전날 세상을 떴으니
세상에 만 예순해를 머문 셈이다.
가족이 없는 그를 위해 친구와 후배들이
잔치를 열어준다는 걸 극구 마다했을 때
그의 뜻대로 했더라면 그는
그렇게 죽지 않았을지도 모른다.
준비했던 잔치 음식은 장례 음식이 되고
회갑 옷은 그대로 수의가 되었다.

그날을 위해 축시를 준비했다가
몇자 고쳐 조시로 읽은 나는
그가 산 세월을 훌쩍 넘겨 스무해나 더 살았다.
내가 그의 결기 있는 죽음을 부러워하지 않았던 것은
살아남아서 무슨 일이고
조금은 더 할 수 있을 것 같아서였을 터지만.

그가 다니던 인사동과 관철동의 까페와 전시장을 드나

들며

나는 늘 허망했다. 그보다 더 오래 살면서
내가 한 일이 무엇인가.
많은 곳을 다니고 많은 사람을 만나고,
많은 것을 보고 많은 일을 겪었을 뿐.
그뿐, 오직 그뿐이니.

2

어느날 보니 인사동 좁은 골목 한 까페에
그가 남긴 글씨 한폭이 걸려 있다.
歲月靑松老
그만하면 꽤 버텼다고?
歲月靑松老
이제 뭘 더 바라느냐고?
세상에 만 예순해를 살다 간 그의 글씨 한폭이
아니, 삐딱하니 모자를 쓴 그가
그뒤로도 스무해나 더 살고 있는 나를
위로도 하고 나무라기도 하면서 걸려 있다.

바보로 사는 게 더 어려웠다는 걸
아직도 모르겠느냐면서.

* 세월 앞에는 푸른 솔도 견디지 못한다는 뜻.
* 민병산(閔丙山): 재야 철학자(1928~88).『똘스또이』『철학의 즐
  거움』등의 저서가 있음.

먼 데, 그 먼 데를 향하여

아주 먼 데.
말도 통하지 않는, 다시 돌아올 수 없는,
그 먼 데까지 가자고.

어느날 나는 집을 나왔다.
걷고 타고, 산을 넘고 강을 건너고,
몇날 몇밤을 지나서.

이쯤은 꽃도 나무도 낯이 설겠지,
새소리도 짐승 울음소리도 귀에 설겠지,
짐을 풀고.

찾아들어간 집이 너무 낯익어,
마주치는 사람들이 너무 익숙해.

사람 사는 곳
어디인들 크게 다르랴,
아내 닮은 사람과 사랑을 하고

자식 닮은 사람들과 아웅다웅 싸우다가,

문득 고개를 들고 보니,
매화꽃 피고 지기 어언 십년이다.
어쩌면 나는 내가 기껏 떠났던 집으로
되돌아온 것은 아닐까.
아니, 당초 집을 떠난 일이 없는지도 모르지.
그래서 다시,

.

아주 먼 데.
말도 통하지 않는, 다시 돌아올 수 없는,
그 먼 데까지 가자고.

나는 집을 나온다.
걷고 타고, 산을 넘고 강을 건너고,
몇날 몇밤을 지나서.

강마을이 안개에 덮여

안개는 많은 것을 감추고 조금만 보여주어
빈 쪽배가 보이고 산 넘어가는 오솔길이 보인다

내가 좋아하던 아이는
저 쪽배를 타고 떠나 돌아오지 않았다

저 오솔길은 어머니와 할머니가
쉬엄쉬엄 요령 소리에 얹혀 넘어가던 길이다

이윽고 쪽배도 오솔길도 덮으면서
안개는 안개만을 보여준다

설중행(雪中行)

눈 속으로 눈 속으로 걸어들어가니 산이 있고 논밭이 있고 마을이 있고,

내가 버린 것들이 모여 눈을 맞고 있다.

어떤 것들은 반갑다 알은체를 하고 또 어떤 것들은 섭섭하다 외면을 한다.

나는 내가 그것들을 버린 것이 아니라 그것들이 나를 버렸다고 강변하면서,

눈 속으로 눈 속으로 걸어들어가다가 내가 버린 것들 속에 섞여 나도 버려진다.

나로부터 버려지고 세상으로부터 버려진다.

눈 속으로 눈 속으로 걸어들어가면서 나는 한없이 행복하다.

내가 버린 것들 속에 섞여 버려져서 행복하고 나로부터 버려져서 행복하다.

쓰러진 것들을 위하여

아무래도 나는 늘 음지에 서 있었던 것 같다
개선하는 씨름꾼을 따라가며 환호하는 대신
패배한 장사 편에 서서 주먹을 부르쥐었고
몇십만이 모이는 유세장을 마다하고
코흘리개만 모아놓은 초라한 후보 앞에서 갈채했다
그래서 나는 늘 슬프고 안타깝고 아쉬웠지만
나를 불행하다고 생각한 일이 없다
나는 그러면서 행복했고
사람 사는 게 다 그러려니 여겼다

쓰러진 것들의 조각난 꿈을 이어주는
큰 손이 있다고 결코 믿지 않으면서도

제2부

윤무(輪舞)

하늘과 초원뿐이다.
하늘은 별들로 가득하고 초원은
가슴에 자잘한 꽃들을 품은 풀로 덮였다.
낮에는 별이 피하고 밤에는 꽃이 숨어
멀리서 그리워하고 안타까워하지만, 새벽이면

밤새 하늘을 지키느라 지친 별들이
눈을 비비며 은하를 타고 달려내려온다.
순간 자잘한 꽃들도 자리를 박차고 함성과 함께 뛰쳐나와
마침내 초원에서는 화려한 윤무가 벌어진다.

언제가 될까, 내가 그 황홀한 윤무에 끼여
빙빙 돌아갈 날은.

초원(草原)

지평선에 점으로 찍힌 것이 낙타인가 싶은데
꽤 시간이 가도 좀처럼 모습을 드러내지 않는다.

나무토막인가 해서 집어든 말똥에서
마른풀 냄새가 난다.

짙푸른 하늘 저편에서 곤히 잠들었을
별들이 쌔근쌔근 코 고는 소리까지 들릴 것 같다.

도무지 내가 풀 속에 숨은 작은 벌레보다
더 크다는 생각이 들지 않는다.

내가 가서 살 저세상도 이와 같으리라 생각하니
갑자기 초원이 두려워진다.

세상의 소음이 전생의 꿈만 같이 아득해서
그립고 슬프다.

역전 사진관집 이층

사진관집 이층에 하숙을 하고 싶었다.
한밤에도 덜커덩덜커덩 기차가 지나가는 사진관에서
낙타와 고래를 동무로 사진을 찍고 싶었다.
아무 때나 나와 기차를 타고 사막도 바다도 갈 수 있는,
누군가 날 기다리고 있을 그 먼 곳에 갈 수 있는,
어렸을 때 나는 역전 그 이층에 하숙을 하고 싶었다.

이제는 꿈이 이루어져 비행기를 타고
사막도 바다도 다녀봤지만, 나는 지금 다시
그 삐걱대는 다락방에 가 머물고 싶다.
아주 먼 데서 찾아왔을 그 사람과 함께 누워서
덜컹대는 기차 소리를 듣고 싶다.
양철지붕을 두드리는 소낙비 소리를 듣고 싶다.
낙타와 고래를 배경으로 사진을 찍고 싶다.

다락방을 나와 함께 기차를 타고 싶다.
그 사람이 날 찾아온 길을 되짚어가면서
어두운 그늘에도 젖고 눈부신 햇살도 쬐고 싶다.

그 사람의 지난 세월 속에 들어가
젖은 머리칼에 어른대는 달빛을 보고 싶다.
살아보지 못한 새로운 세상으로 가는 첫날을
다시 그 삐걱대는 사진관집 이층에 가 머물고 싶다.

몽유도원(夢遊桃源)

훌훌 옷을 벗어던지고 그 여자는
하얀 몸을 물속에 숨긴다, 날렵한 인어다.
정신이 어지럽다, 주저한다.
저 옷을 감추어 그 여자를 지상에 묶어둘거나.

그러나 내 번민은 부질없다, 잠시 뒤
물속에서 나온 그 여자
옷 아무렇게나 버려둔 채
꽃같이 웃으며 나를 향해 걸어오니.
세속의 어지러운 바람에 취했으리.

새와 벌 나비 일제히 날아오르고
복사꽃 온 들판에 활짝 핀다.
땅과 하늘이 온통 빨갛게 물들 때
나 어찌 두렵지 않으랴, 그 여자 문득 깨어나
주섬주섬 옷 찾아 입고
훨훨 하늘로 날아오를지도 모르는데.

나는 깨지 않으리 이 꿈에서,

비록 이 꿈이 죽음으로 이어지는 것일지라도.

황홀한 유폐(幽閉)

네 눈을 통해 나는 네 내부 깊숙한 곳으로 잠입한다.

거기 푸른 숲도 있고 하얀 길도 있고 붉은 꽃밭도 있어 우리는 함께 걷기도 하고 누워 별을 보기도 하고 진종일 뒹굴기도 한다.

그러다가 나는 내가 흔적도 없이 사라지고 만 것을 안다.

나는 놀라 문을 두드리고 발버둥치지만 너는 눈을 굳게 감은 채 완강히 나를 일상 속으로 되돌려보내기를 거부한다.

나는 황홀하다.

재회

그는 아마 밤새 초원을 달려왔을 테다.
내게 말고삐를 넘기는 그의 머리칼에 반짝, 아침 이슬이
빛났을 게다.
그리고 백년이, 천년이 지났겠지 우리가 만난 것은.
몸짓도 목소리도 이토록 낮이 익다.
이 먼 도시에서 두 나그네가 되어 만나면서.

말고삐 대신 카메라를 내게 넘기고 활짝 웃는
그의 하얀 팔과 긴 머리칼이 이슬비에 젖어 촉촉하다.

네 머리칼을 통해서, 네 숨결을 타고

개나리꽃이 울타리를 이루며 피어 있었다. 마당에는 힘 겨우리만큼 꽃을 단 살구나무가 두그루 서 있었다. 두 노인 이 하얗게 비질이 된 마당에서 감자씨를 고르고 있었다. 뉘 엿뉘엿 해가 지고 있어 들어가보지 못하고 돌아오고 말았 는데, 다시 찾았을 때 그 집은 보이지 않았다.

이제, 다시 찾아보고 싶다. 나이 서른으로 돌아가, 너와 함께.

네 눈을 통해서, 네 입술을 통해서, 네 머리칼을 통해서.

초등학교 오학년 때 별을 좋아하는 여선생이 담임이었 다. 하루에 한두번은 꼭 꿈을 꾸는 눈으로 별 얘기를 했다. 카시오페이아, 페르세우스, 그리고 작은곰자리, 큰곰자리. 노래하는 것 같은 감미로운 그녀의 얘기를 들으며 나는 별 나라에 사는 나 같은 어린이는 무슨 놀이를 하며 놀까 궁금 해 견딜 수 없었다.

그 별나라들을 두루 돌고 싶다, 네 숨결을 타고.

열살로 돌아가 네 부드러운 등에 업혀서.

강언덕에 위태롭게 앉은 집이 사공이 사는 오두막이었다. 다리를 저는 사공이 기우뚱대며 배를 미는 동안, 그의 딸은 이마를 덮는 앞머리를 쓸어올리며 빈대떡을 부쳤다. 종일 그 집 툇마루에 앉아 구렁이처럼 꿈틀대는 강물을 구경하고 싶다는 내 생각은 한번도 이루어진 일이 없다.

그 툇마루에 가 앉아 있고 싶다, 네 등 뒤에 숨어.

네 가슴팍 사이에 숨어, 너로 해서 비로소 스무살이 되어.

정릉에서 서른해를

어느새 서른해가 훨씬 넘었다
정릉에 들어와 산 지가
아이들도 여기서 자라 학교 다니고
결혼하고 자리 잡고
은행 옆 주민센터 그 건너 우체국
다시 그 옆 약방에 냉면집
눈에 익지 않은 거리가 없고
길들지 않은 골목이 없다
그런데도 나는 매일 아침
이 골목 저 거리를 훑고 다닌다
어제까지 못 보던 것 새로 볼 것 같아서
밤이면 깨닫지만
아무것도 새로 본 게 없구나

아침이면 다시
활기차게 집을 나온다
입때까지 못 보던 것 무언가
어제 보았다고 생각하면서

그게 무언지 오늘

찾아야겠다 생각하면서

정릉에서 서른해를 넘게 살면서

가을비

장난감 같은 간이역에 울긋불긋한 등산복 소녀들이 다섯
비바람을 타고 날아와 창에 달라붙는 나뭇잎이 새빨갛다

넓적한 플라타너스 잎으로 뒤덮인 역사 밖 천막 매점에서
중년 여자들의 대화가 무르익었다
커피를 파는 젊은 아주머니는 계속 통화 중
얼굴이 단풍빛이다

빗물에 젖은 성인가요는 중년처럼 끈적끈적하다
기차가 언덕을 돌아 장난꾸러기 손자 녀석처럼 뒤뚱거리
며 들어서고
젊은 역무원이 스트레칭하듯 깃발을 흔든다
산골 역에 내리는 가을비가 무겁다

쉰 목소리로 기적이 재촉하는 게 아무래도
기차가 짙은 유화를 몽땅 안고 떠나버릴 모양이다
나만 혼자 그 속에 들어가지 못할 것이 불안해
서둘러 차에 뛰어오른다

별

나이 들어 눈 어두우니 별이 보인다
반짝반짝 서울 하늘에 별이 보인다

하늘에 별이 보이니
풀과 나무 사이에 별이 보이고
풀과 나무 사이에 별이 보이니
사람들 사이에 별이 보인다

반짝반짝 탁한 하늘에 별이 보인다
눈 밝아 보이지 않던 별이 보인다

호수

짙푸른 네 눈 속으로 풍덩 뛰어들 것 같다
곧장 헤엄쳐가면 따듯하고 부드러운 바닥에 이르겠지

나는 애들처럼 물장구도 치고 자맥질도 해야지
구석구석 헤집고 다녀 너 깔깔대고 웃게도 하고
자지러져 깊은 탄식을 토하게도 해야지

나는 나오지 않고 여기저기 흡반을 꽂고
기생충처럼 붙어살 거야

별나라에서 세모진 창구로 지구를 내려다보듯
네 짙푸른 눈을 통해 세상을 내다보면서
이 세상에서 있었던 일들을 먼 옛날의 일인 듯

아득히 그리면서

달빛

달빛은 뛰어난 예술가다
온갖 예사로운 것들을 다 불러모아
아름답고 애틋하게 치장해 내놓는구나

나도 그늘에만 숨어 있지 말고
주저 말고 나가 서야지

달빛 아래서라면 나도 저렇게
아름답고 애틋하게 바뀔 수 있겠지

그러다 문득 멈춰 선다
난감한 표정의 달빛을 볼 것이 민망하다

아무래도 너만은 안되겠는걸
달빛은 느릿느릿 도리질을 치겠지

이 한장의 흑백사진

빛바랜 사진 속에서 그들은 걸어나온다.
어떤 사람은 팔 하나가 없고 어떤 사람은 귀가 없다.
얼굴이 도깨비처럼 새파란 처녀들도 있고
깡통을 든 아이들도 있다.
모두들 눈에 익은 얼굴이다.
아득한 그리움과 깊은 슬픔에 빠지면서 나도 모르는 새
그들 속에 뒤섞인다.
어울려 거리를 누비고 함께 노래를 부른다.
그러다가 나는 두려워진다.
이들을 따라 내가 저 흑백사진 속에 들어가
영원히 갇혀버리면 어쩌나.

깨닫고 보니 나는 어느새 흑백사진 속에 갇혀 있다.
비로소 나는 안도한다.

이쯤에서

이쯤에서 돌아갈까보다
차를 타고 달려온 길을
터벅터벅 걸어서
보지 못한 꽃도 구경하고
듣지 못한 새소리도 들으면서
찻집도 기웃대고 술집도 들러야지
낯익은 얼굴들 나를 보고는
다들 외면하겠지
나는 노여워하지 않을 테다
너무 오래 혼자 달려왔으니까
부끄러워하지도 않을 테다
내 손에 들린 가방이 텅 비었더라도
그동안 내가 모으고 쌓은 것이
한줌의 모래밖에 안된다고
새삼 알게 되더라도

당당히 빈손을

버렸던 것을 되찾는 기쁨을 나는 안다.
이십년 전 삼십년 전에 걷던 길을
걷고 또 걷는 것도 그래서이리.
고목나무와 바위틈에 내가 버렸던 것 숨어 있으면
반갑다 주워서 차곡차곡 몸에 지니고.

하지만 나는 저세상 가서 그분 앞에 서면
당당히 빈손을 내보일 테야.
돌아오는 길에 그것들을 다시 차창 밖으로 던져버렸으
니까.
찾았던 것들을 다시 버리는 기쁨은 더욱 크니까.

제3부

두메양귀비

1

날이 흐려 걱정했는데 지프차를 타고 천문봉에 이르니 발아래로 천지가 말갛게 온몸을 드러내 보이고 있다. 때맞추어 구름 사이로 막 지던 해가 옷을 조금 열어 몸 한 부분을 살짝 보여주기도 한다. 저녁을 먹고 기상대에서 잠시 눈을 붙였다가 별을 보겠다고 나와보니 하늘은 두껍게 구름으로 덮였다. 아침에도 하늘은 잠깐 뜨는 해만 보여줬다가 완강하게 구름으로 몸을 덮는다. 해가 지고 뜨는 곳이 지척인 것이 놀랍다.

2

서울서 장마가 시작되는 것을 보고 떠났는데 이곳은 봄이 한창이다. 산록이 온통 연초록의 비단으로 덮였고 그 비단을 붉고 희고 노란 들꽃이 수놓았다. 그 갖가지 꽃들 중에서 나는 굳이 녹황색의 두메양귀비를 찾아본다. 백두산 밤하늘의 별들한테 듣지 못한 얘기들을 그것들이 대신 들려준다고 해서다. 갑자기 구름 사이로 쏟아진 햇살이 꽃밭을 훑고 간다. 뜰 수 없을 만큼 눈이 부시다.

3

백두산을 내려와 연변으로 이동하는 버스 안에서 처녀
가이드는 외할머니가 고국을 떠나면서 외할아버지를 잃
고 다른 외할아버지를 만나 정착한 사연을 옛말하듯 들려
준다. 개방 후 외할머니가 옛 형제들을 만나는 재회와 갈등
의 사연도 눈물겹다. 그녀의 얘기를 들으면서 나는 줄곧 두
메양귀비를 생각했다. 어쩌면 그 꽃은 힘겹게 백두대간을
타고 올라와 이곳에 피면서, 늘 남쪽으로 머리를 두고 울고
있을 것 같았다.

4

오락가락하던 비가 멎고 구름이 갈라지더니 동쪽 하늘에
쌍무지개가 떴다. 무지개는 산과 마을을 바꿔가면서 우리
를 쫓아온다. 초승달도 구름으로 얼굴을 덮었다 벗었다를
되풀이한다. 별들이 다닥다닥 붙은 백두산의 하늘은 끝내
펼쳐지지 않고 대신 떴다 감았다 하는 눈앞에 수천수만송
이의 녹황색 두메양귀비만 어른거린다.

남포 갈매기

　술만 마시면 북에 두고 온 아들 타령을 하며 눈물을 글썽이던 덕대 황씨는 아버지 주선으로 장터 한옆에 사진관을 냈다. 이름을 남포사진관이라 짓고, 첫날 우리 식구를 초청해서 사진을 찍는데, 배경이 남포 선창이었다. 그의 고집으로 아버지는 상고선과 갈매기를 등에 지고 마도로스파이프를 입에 물었고, 할머니는 고향 떠나는 아들 배웅 나온 북도 아낙처럼 무명 수건에 남바위를 썼다. 자아, 인차 우리가 다 남포 부두에 와 있는 거야요, 기적 소리가 들리디요? 슬프고 애달프지 않아요? 그가 언제 어떻게 자취를 감추었는지 나는 알지 못한다. 전쟁이 끝났을 때 남포사진관은 없어져 있었고, 주인은 부역으로 감옥을 산다더라 또는 아들과 아내를 찾아 고향으로 갔다더라 같은 뜬금없는 소문만 나돌았다. 휴전선 근처에서 총 맞아 죽었다는 소문도 있었다.

　남포를 찾은 내 머리에는 마도로스파이프를 문 아버지와 남바위를 쓴 할머니의 영상이 먼저 떠오르면서, 황씨가 어딘가에서 불현듯 나타나 나 알아보간? 하고 금니를 보이며 웃을 것 같은 생각을 버릴 수 없었다. 사진관 배경 그림과는 달리 시내 구석구석 호수물이 들어와 있는 듯 아낙네들이 조각배에 올라 안개가 걷히지 않은 물 위를 느릿느릿 노저어 가고 있었다. 한산한 거리에 드문드문 국수집 리발소 양복점 간판이 보였다. 나 알아보간? 여기가 바로 그 아름다운 남포란 말이다! '위대한 김정일 동지를 수반으로 하는 혁명의 수뇌부를 목숨으로 사수하자'라는 붉은 글씨 밑에서 어른거리는 수많은 야윈 얼굴들 속에서 갑자기 이런 소리가 들리는 것 같았다. 서해 갑문에서 듣는 갈매기 소리는 담 뒤에 숨어 엿보는 사람들의 얼굴과는 거꾸로 밝고 힘찼다.

고향엘 갔더니 장터 한 모퉁이에 남포집이라는 식당이 새로 생겼다. 벽에는 남포 포구의 옛 사진도 한장 걸려 있다. 젊은 여주인은 그 사진의 내력을 알지 못했으나 나는 멋대로 그것이 남포사진관과 유관하다고 상상했다. 그러면서 그 사진에서 마도로스파이프를 문 아버지와 남바위를 쓴 할머니를 이끌어냈다. 남포에서 사진관을 했다는 이력을 자랑하며 아들 얘기를 하던 덕대 황씨는 어쩌면 지금쯤 저세상에서 할머니와 아버지를 만나 남포 얘기를 하고 있겠지. 저 사진에서 갈매기 소리가 들린다니까 여주인은 눈을 크게 뜨며 반색을 하고, 식당을 나오니 갈매기 대신 동쪽 하늘에 둥그런 달이 떠오르고 있었다.

원 달러
사하라에서

우리가 겨우 굴속에서 나와 움막집을 파고 씨를 뿌려 거두기 시작하던 삼천오백년 전 저렇게 정교하고 거대한 구조물을 만들어 세웠다는 사실이 믿어지느냐고, 그때 이미 오늘의 과학문명을 능가하는 문명이 존재했을 것이라고, 높이 21미터 무게 140톤의 오벨리스크를 가리키며 하는 가이드의 설명은 자못 공상적이다. 어느날 지진이나 홍수나 역병 같은 대재앙이 닥쳤으리라…… 지배층은 생존에 알맞은 다른 별로 도망가고 백성들은 모두 죽는다…… 다만 몇몇이 동굴 속에서 가까스로 살아남아, 그 후손이 나무를 비벼 불을 일으키고 풀을 뜯어 목숨을 이으면서 새로운 문명이 시작되었으니…… 옛날의 화려했던 문명이 있었는지조차 까맣게 모른 채……

카메라를 들고 있는 우리들한테 관광경찰이 다가온다. 친절하게 웃으면서, 모델이 되어주겠단다. 오벨리스크를 배경으로 어깨를 나란히 사진을 찍고 나니 내려놓았던 총을 도로 어깨에 메며 엄지와 검지를 비빈다. "원 달러." 모델료를 달란다.

재앙은 갈수록 난폭해지고 지구는 점점 무력해진다. 미국에서 허리케인 카트리나는 천오백명을 죽이고 인도네시아 욕야카르타에서는 지진이 육천명을 땅에 묻었다. 태국 스리랑카 등 동남아에서는 쓰나미가 이십오만명의 생명을 빼앗더니, 마침내 미얀마에서는 싸이클론 나르기스가 덮쳐 십만명을 휩쓸어가고, 중국 쓰촨성에서는 지진이 십여만명 생명을 앗아갔다. 지구의 종말이 가까웠다고 여기저기서 탄식이 터진다. 이것이 다 우리가 하늘을 두려워 않고 자연을 넘보면서 뿌린 오만의 씨앗이란다. 드디어 지구가 멸망하면 다들 우주선을 타고 더 살기 좋은 별을 찾아 날아갈지도 모르지만, 또 많은 나머지들은 어쩔 수 없이 망가진 지구에 남아 구차하게 목숨을 부지하고, 그들의 자손들은 나무를 비벼 불을 일으키며 풀을 뜯어 배를 채울는지.

　우리가 누렸던 문명을 까맣게 모른 채.

　한 오만년 뒤 무너진 시멘트 무더기 앞에서 모델이 되어

주고는 "원 달러"를 외칠 내 후손을 떠올려본다. 돌아오는 길은 이미 어둡고 하늘엔 별이 가득하다.

어쩌면 내 후손들이 찾아가 살게 될지도 모르는 저 별들이 그래도 아름답다.

위대한 꿈
캄보디아에서

함지박 배를 저어 관광선을 따라오며 원 달러 하고 내미는 소년의 손이 가랑잎처럼 야위었다. 몸에 뱀을 감았다. 함께 사진을 찍어주겠단다. 아버지가 혁명의 전사였다고 가이드가 설명한다.

한 젊은 부부가 자청해서 살림집을 공개하겠단다. 달랑 텔레비전 한대가 가구의 전부인 호수 언덕에 붙은 새 둥지다. 우기가 되어 만수가 되면 수상 가옥으로 바뀐단다. 달러 한장을 받아들고 젊은 아내는 입을 벌리고 웃는다.

시장은 온통 프랑스 까페와 안마집이다. 잘사는 나라에서 온 남녀들이 빼곡히 누워 안마를 받는다. 밖에서는 악사들이 화려하게 차려입고 전통악기를 연주한다. 태반이 팔이 없거나 다리가 없다.

이들의 할아버지의 할아버지의 할아버지가 만든 사원은 멀리 초승달 아래서 한숨을 쉬고 있다. 아직도 하늘과 땅에 밴 피비린내가 가시지 않았기 때문이다. 밤이 깊으면 앙코

르와트 사원의 신들이 돌 속에서 빠져나와 거리를 방황한다고 믿는 사람들이 많다.

그래도 그들의 꿈은 위대했다고 말하는 사람을, 아무래도 나는 믿을 수가 없다.

드네쁘르 강, 아름답고 아름다운

　도시가 숲 속에 들어앉았다.
　전체가 공원이다.
　국립 끼예프 대학도 공원 안에 있고 쏘피아 성당도 공원
안에 있다.
　공원을 둘로 가르며 흐르는
　널따란 드네쁘르 강이 아름답다.

　즐비한 건물들이 한결같이 칠백년 오백년 묵었다.
　뒷골목을 과일 장수들이 메웠다.
　가장 존경하는 인물, 그러면 당연히 시인 셰프첸꼬다.
　뿌슈낀, 고골, 고리끼, 똘스또이…… 이게 다 거리 이름
이다.
　그 속을 비집고 당당히 서 있는 레닌 동상이 아름답다.

　동상 앞에 꽃다발은 없다.
　사진을 찍고 있는 것도 우리들뿐이다.
　사회주의 시절에 대해 물으니 역사 교수는 손을 내젓는다.
　땀을 뻘뻘 흘리며 끼예프 천년을 자랑하는

뚱뚱한 그의 여제자가 아름답다.

아무리 둘러보아도 산 하나 언덕 하나가 없다.
지평선 너머에서 차가 달려오고
지평선 너머로 자전거가 사라진다.
서두를 일이 없는 듯 걸음걸이도 말소리도 느긋하다.
강의 시간도 아랑곳 않고 강의실 앞 벤치에 앉아
담배를 피우고 있는 금발의 여학생들이 아름답다.

호텔에서 강이 내려다보인다.
하늘을 찌를 듯한 자작나무 방풍림이 강을 에워쌌다.
개를 데리고 산책하는 사람들이 강변에 점 찍혀 있다.
아무 데도 몽고 침략이나 사회주의 지배의 흔적이 없다.
멀리 둘러선 고색창연한 옛 성벽이 아름답다.

낮달이 걸린 둥그런 하늘이 아름답고
나무와 성벽과 성당과 고궁 사이를 느린 걸음으로 가는
드네쁘르 강이 아름답다.

낯선 강마을에서의 한나절

오이가 아이의 손가락만큼이나 가늘다.
작은 시골 도시가 울창한 숲 속에 숨어 있다.

강가의 남녀노소가 모두 비키니 차림이다.
한 떼의 금발벽안의 소녀들이 물속에서 장난질을 치고
있다.
드미뜨리라는 이름의 우리 친구는 같은 이름의 이웃을
부르고,
아내와 동반해서 온 다른 드미뜨리의 바구니에서
양고기와 돼지고기가 나온다.

두 드미뜨리가 내놓은 술맛이 다르다.
할아버지의 할아버지 때부터 집에서 빚어온 술들이란다.
양조법은 비밀이다.
서로 더 맛있다며 그들 술 자랑이 야단스럽다.

한차례 물에 들어갔다 나온 두 드미뜨리의 아내들은
똑같이 백발이다. 사양 않고 술잔을 받는 미소에는 수줍

음이 없다.

　그 비만의 몸매에도 불구하고

　사니쟈나니 말리나같이 이름은 가녀린 소녀다.

　보그슬라브 강가에서는 여름 해도 아주 짧다.

　서둘러 자리를 일어나며 나는 좀 두렵다.

　어쩐지 세상에선 이미 삼년이 흘러갔을 것 같다.

　밀밭과 해바라기밭뿐인 우끄라이나 대평원에 어둠이 깔

리고,

　뒤돌아보니 지평선 너머 빨간 노을 속에

　두 드미뜨리 부부가 씰루엣으로 서 있다.

　나는 도화원을 나오는 어부처럼 허망하다.

　* 보그슬라브는 끼예프에서 차로 세시간 거리에 있는 지방 도시.

신발들
아우슈비츠 수용소의

—나는 평생 포도 위만 걸어다녔는데.
—나는 매일처럼 진흙밭을 헤매고 다녔는걸.
—나는 사막을 가로지른 일도 있다구.
—나는 이 집 저 집 찾아다니느라 평생을 헤맸어.

—나는 운동장을 뛰어다니며 매일처럼 즐거웠어요. 내
친구도 저기 있네요.
—나는 이제 겨우 걸음마를 배웠을 뿐예요. 엄마 신발을
보고 싶어요.

학살당한 사람들의 수천수만켤레 신발들이 쌓여 웅성웅
성 떠들고 있다.
크기도 모양도 재질도 제각각이다.

양심이니 평화니 반전이니 우애니
이 신발들은 이런 것들을 가르친다지만
어쩌면 이 신발들은 묻고 있을지 모른다.

하느님은 지금
어데서 어떤 눈으로 우리를 내려다보고 계시는가.

말

폴란드 비엘리치카 소금 광산의

어려서 좁은 통로를 통해 들어와서
평생 소금 짐만 나르다가
문득 깨닫고 보니 뼈가 굵어지고 살이 쪄서
다시는 나가지 못하고
마침내 죽어 뼈와 살이 분리되어서야
비로소 밝은 세상 구경을 한다는
비엘리치카 소금 광산의
말.

거울 속을 들여다보니
다행히도 내 얼굴이 말을 닮지는 않았다.

블리야뜨의 소녀
이르꾸쯔끄에서

긴 머리칼에 반짝이는 검은 눈이
영락없이 종로나 압구정에서 만나는 서울 소녀다.
안녕하세요.
인사도 또렷한 한국말이다.
한데 이곳 토박이란다.
블리야뜨와 한국은 먼 친척이라면서 반가워한다.

초여름인데도 밤바람이 매워
땅 위로 겨우 고개만 들고 있는 민들레들이
길과 들판을 노랗게 채색하고 있는
북극의 도시.

바이깔 호 가는 길은 온통
쭉쭉 뻗은 하얀 자작나무 숲이고
금발의 소녀들 사이의 블리야뜨 소녀 같은
짙푸른 젊은 소나무들이 군데군데 섞여
뒤질세라 하늘을 향해 힘차게
손을 뻗고 있다.

이 땅에 살아 있는 모든 것을 위하여
이애주의 춤 '우리 땅 터벌림'에 부쳐

이 땅에 살아 있는 모든 것을 위하여
더불어 숨 쉬고 사는 모든 것을 위하여
내 터를 아름답게 만들겠다 죽어간 것을 위하여
이 땅을 화려하게 수놓고 있는 것을 위하여
땅속에서 깊고 넓게 숨어 있는 것을 위하여
언젠가 힘차게 솟아오를 것을 위하여

산과 더불어 바다와 더불어 강과 더불어
나무와 풀과 꽃과 바위와 더불어
짐승과 새와 벌나비와 더불어
이 땅에 땀 흘려 살아가고 있는 사람들과 더불어
이 땅에 힘겹게 살다 간 사람들과 더불어
이 땅에 언제까지고 살아갈 사람들과 더불어

이 땅의 기운을 온 누리에 퍼뜨리기 위하여
이 땅의 뜻을 방방곡곡 전하기 위하여
이 땅의 소망을 하늘에도 고하기 위하여

산과 들과 도시와 시골을 구석구석 밟으면서
기름진 곳 메마른 곳 고루고루 누비면서
언 손 굽은 등 두루두루 어르면서
땅을 차고 올라 별과 달에 이르면서
이 땅의 숨은 모습 하늘에 알리면서
하늘의 고운 숨결 이 땅에 뿌리면서

더불어, 이 땅을 아름답게 만들고 있는
사람들과 더불어 새와 더불어 나비와 더불어
살아 있는 것 죽어간 것과 더불어
나는 추리 나의 춤을 목숨이 다하는 날까지
세상 끝까지 하늘 끝까지 날아오르면서
눈물과 더불어 한숨과 더불어 통곡과 더불어

이제 인사동에는 밤안개가 없다
여운 화백의 죽음을 슬퍼하며

이제 인사동에는
축축한 밤안개가 없다
낙엽과 함께 내리는 밤비도 없다
네가 다 데리고
저승으로 가버렸구나
휘적휘적 코트 깃을 세우고들
다 함께 가버렸구나

저승이 자욱하게 젖겠지
이 친구가 안쓰럽고 저 친구가 딱하고
그래서 여기도 가고 저기도 기웃하면서
있다가는 문득 사라지고
없다가는 홀연 나타나면서
너 저세상을 자욱하게 적시겠지

너와 함께 늘 골목을 덮던
밤안개가 없다
스산한 가을비가 없다 이제 인사동에는

세상에 살면서 오직 한 일 그림뿐이지만
그것도 부질없어
휘적휘적 모두들 동무 되어
저승으로 가버렸구나

담담해서 아름답게 강물은 흐르고

폭풍이 덤벼들어 뒤집어놓기도 하고
짐승들이 들이닥쳐 오물로 흐려놓기도 하는
강물이 어찌 늘 푸르기만 하랴
산자락에 막혀 수없는 세월 제자리를 맴돌고
매몰찬 둑에 뎅겅 허리를 잘리기도 하는
강물이 어찌 늘 도도하기만 하랴
제 속에 수많은 사연과 수많은 아픔과
수많은 눈물을 안고 흐르는 강물이 어찌 늘
이슬처럼 수정처럼 맑기만 하랴
그래도 강물은 흐르니 세상에
마실 것도 주고 먹을 것도 주면서
노래도 되고 얘기도 되면서
강물이 어찌 늘 고요하기만 하랴
자잘한 노여움과 하찮은 시새움에 휘말려
싸움과 죽음까지도 때로는 안고 흐르는
강물이 어찌 늘 넓기만 하랴
어르기도 하고 달래기도 하고 때로는
하늘의 힘을 빌려다 마을과 들판을

눈물로 쓸어버리기도 하는 강물이
제 몸까지 내던지며 하늘과
땅을 한바탕 뒤집어놓는 강물이
어찌 늘 편하기만 하랴

강물이 어찌 유유하기만 하랴
강물이 어찌 도도하기만 하랴
그래도 강물은 흐르고
담담해서 아름답게 강물은 흐르고

멀리서 망망한 제주를

서울서 멀리 떨어져 홀로 있어도
늘 우리들 가슴 한복판에 있는

높은 파도와 모진 바람에 맞서면서
영원한 그리움이고 안타까움이면서

하늘에 펄럭이는 깃발이고
산과 들에 가득한 함성인

일상에 찌든 우리들 등줄기를 후려치는
맵고도 시원한 채찍인

국토란 무엇인가 조국이란 무엇인가
문득 생각하게 만드는

너 행복하여 우리 모두 행복하고
너 아름다워 비로소 우리 모두 아름다운

우리들의 사랑

우리들의 꿈

제주에 와서

1

망망대해에 떠 있는 작은 섬이 아닌 걸 알겠다, 제주에
와서.

보라, 저 웅혼한 한라에 매달려 있는 몇백개의 크고 작은
화산들을.

큰 산 용틀임 한번에 금방이라도 몸을 곧추세우고

불을 토할 듯 도사린 시퍼런 오름들을.

그 큰 얼굴 육지에서 불길한 소문 들려오면 짐짓

걱정 어린 얼굴 보이지 않겠다 구름으로 얼굴 덮고

반가운 소식 들려오면 새파란 하늘 더 푸르러라 활짝 웃
으리.

반도에 있는 나무와 풀과 바위들을 두루 갖추고

반도에 없는 짐승과 벌레까지 모두 모아

이 나라에서 가장 아름다운 보물창고가 되면서

지상에서 가장 아름다운 하늘과 땅이 되면서

이 나라 흔들리지 않게 잡아주는 튼튼한 뿌리가 되면서

이 나라의 어머니가 되면서.

2

김녕사굴 만장굴 용천굴을 보니 알겠다.

태초에 하늘과 땅이 어떻게 만들어졌는가를.

빛과 어둠이 어떻게 태어나고 물과 흙이 어떻게 어우러
졌는가를.

기쁨은 어데서 오고 슬픔은 어데로 가는가를.

이끄는 자 없이도 하늘과 땅 스스로 알아

가장 아름다운 길 슬기롭게 열어간다는 것을.

돌고드름 돌기둥 하나 비뚤어진 것 잘못 놓인 데 없고

줄 하나 점 하나 잘못 찍힌 데 없다.

이 굴들이 말해주는 것이 어디 지난 일뿐이랴.

북두칠성 북극성 견우성 혹은

큰곰자리 오리온자리 같은 별까지 가까이 불러내려

우리가 살아갈 길을 귀띔해주기도 한다.

이 나라의 고향이 되면서.

3

누가 저 성산일출봉을 예사로운 바위섬으로 보랴.

용궁이 저기 있었다는 전설이 황당하지가 않다.

용왕이 어느날 물 밖이 궁금해서

거북이 등을 타고 나왔다가 섬이 너무 아름다워

돌아가기를 잊었다니 어쩐지 나도 그럴 것 같다.

깎아지른 절벽에 서서 떠오르는 아침 해를 본다.

바다는 푸르고 검은 바위 사이를 나는 갈매기는 희고

햇살을 가득 받으며 바다로 나가는 배들은 황금빛이다.

누가 제주를 척박한 바람과 돌의 섬이라 하는가.

꿈과 설렘을 안고 떠나는 배들이 보인다.

기쁨과 노래를 싣고 돌아오는 배들이 보인다.

가시밭을 헤치면서도 나아가는 우리들의 힘이 여기서 나온다.

어둠속에서도 꺾이지 않는 우리들의 꿈이 여기서 나온다.

이 땅의 기쁨이 되면서.

　　4

제주는 우리들의 힘.

제4부

유성(流星)

1

몸에서 발산하는 열과 빛깔이 너무 뜨겁고 빛나서
스치기만 해도 피를 흘리고 상처를 입는다
그래서 서로 떨어져 제각기
힘껏 더 멀고 더 밝은 곳을 향해 돌진한다

밖을 향해서는 한개의 찬연한 빛으로 뽐내지만
그들은 따로 떨어져 있는 미세한 작은 알갱이들이다

2

어느날 그들은 유성처럼 산화할 것이다
스스로도 모르는 채 제 열과 빛으로 인해서
그러나 사람들은 보게 되리라
그들이 지상에 새겨놓은 화려한
우리들의 내일을

아무도 그들이 망망한 우주 속에
허망하게 소멸되었다고는 말하지 않을 것이다

나의 예수

그의 가난과 추위가 어디 그만의 것이랴.
그는 좁은 어깨와 야윈 가슴으로 나의 고통까지 떠안고
역 대합실에 신문지를 덮고 누워 있다.
아무도 그를 눈여겨보지 않는다.
간혹 스치는 것은 모멸과 미혹의 눈길뿐.
마침내 그는 대합실에서도 쫓겨나 거리를 방황하게 된다.

찬 바람이 불고 눈발이 치는 날 그의 영혼은 지상에서 사
라질 것이다.
십자가를 지고 골고다를 걸어올라가 못 박히는 대신
그의 육신은 멀리 내쫓겨 광야에서 눈사람이 되겠지만.

그 언 상처에 손을 넣어보지 않고도
사람들은 그가 부활하리라는 것을 의심치 않을 것이다.
다시 대합실에 신문지를 덮고 그들을 대신해서 누워 있
으리라는 걸.

그들의 아픔, 그들의 슬픔을 모두 끌어안고서.

새, 부끄러움도 모른 채

1

어느날 당신은 당신이 가진 것들이
견딜 수 없이 무겁다는 것을 깨달았을 것이다.
순간, 몸에 붙은 것들을 모두 털어버리고
새처럼 가벼워지고 싶었을 것이다.

직장을 버리고 동료를 버린다.
집을 버리고 가족을 버리고 아내를 버린다.
사랑을 버리고 세상을 버린다.
뱀 허물 벗듯 몸까지 벗어버리고 나니

마침내 당신은 새처럼 가벼워져
지하철역 입구에 나와 둥지를 틀고 앉았다.
당신의 손에 동전과 지전을 떨어뜨리는 사람들을
바라보는 당신의 눈길은 새처럼 맑다.

2

가진 것들을 모두 버리고 싶을 때가 있다.

친구를 버리고 가족을 버리고 세상을 버리고
몸까지 훌훌 벗어버리고 가벼운 새가 되어
그래서, 당신처럼 지하철역 입구에 나와 앉지만.

내 때 묻은 손에 많은 다른 내가
동전과 지전을 떨어뜨리는 순간,
그것들과 함께 선망의 눈길을 떨어뜨리는 순간,
나는 안다, 내가 버린 것이 아무것도 없음을.

거짓과 허영을 하나씩 더 챙긴 채
나는 날개 부러진 무거운 새가 되어서
뒤뚱뒤뚱 당신 앞을 걸어나온다.
당신을 흉내낸 것을 부끄러워도 않으면서.

빙그레 웃고만 계신다

그는 명성에 걸맞게 품위가 있다.
말끝마다 미안하다 죄송하다는 말을 빼지 않는다.
지금 그는 여러날째 쓰나미 난민수용소를 도는 중이다.
몸을 안 사리고 많은 사람을 구했다는 보도가 있었지만
그에 대해 그는 가타부타 말이 없다.
그저 죄송하다는 말뿐이다.

그의 운전기사가 보이지 않는 것에 대해서 아무도 관심
이 없다.
주인 대신 그가 시신도 남기지 못하고 사라졌다고 아는
사람도 없다.
다만 라면을 배급받는 긴 행렬 끝에
배가 부른 그의 젊은 아내가
다섯살짜리 딸아이의 손을 잡고 서 있을 뿐이다.
그녀의 눈은 말라 눈물도 없다.

가상(假相)과 실상(實相)을 다 사랑한다는 것일까.
역시 쓰나미 속에서 팔 하나가 잘려나간 부처님은

빙그레 웃고만 계신다.

누구일까

쓰나미에 온 가족이 쓸려나간 가운데 개 한마리가 살아
남았다.

카메라에 잡혔다.

조용한 바다를 배경으로, 눈에 눈물이 그렁그렁 고였다.

무엇인가 말하고 싶다고, 그 눈은 말한다.

답답하다는 듯, 고개를 좌로 다시 우로 돌린다.

누구일까, 개로 하여금 하고 싶은 말을 못하게 하는 그는.

또 사람한테 개의 말을 들을 능력을 갖지 못하게 한 그는.

카운터에 놓여 있는 성모마리아상만은

1

큰길에서 벗어나 있는 고풍스러운 마을이다.

바다에 연한 차도를 벗어나자 곧장 골목이고

양철지붕들이 처마를 맞대었다.

부슬부슬 비가 내리고 마른 오징어 냄새가 물씬 나는 술집에서는

지붕들 너머로 바다가 보인다.

점심을 먹으러 들어갔던 그 집에서 우리는 저녁때까지 술을 마셨다.

중년의 여주인은 우리말을 못 알아들었지만 안주를 장만하며 술잔을 채우며 연신 '하이하이'다.

외국 손님은 처음이란다.

동네 사람들 몇이 들어와 인사를 하고 낯선 이방인들 술 마시는 모습이 신기해서 지켜본다.

카운터에 성모마리아상이 놓여 있다.

2

화면이 보여주는 쓰나미가 휩쓸고 간 바다 마을이 바로
그 동네다.

어, 어 하는 사이 양철지붕들이 종이딱지처럼 물에 뜨고

집들이 성냥갑보다 더 가볍게 둥둥 물살 위를 떠다닌다.

사람들은 흡사 장난꾼 아이가 쏘아대는 물대포 앞에 놓
인 개미떼다.

필사적으로 육지를 향해 달리던 차들이 헛되이 물속으로
곤두박질치고

마을은 순식간에 폐허가 된다.

저들 중에는 매니페스토를 열독한 사람도 있고 적군파에
열광한 사람도 있을 것이다.

한류에 취한 사람도 있고 독도를 타께시마라 믿는 사람
도 있을 것이다.

선한 사람도 있고 악한 사람도 있을 것이다. 그러나

무슨 상관이랴, 개미가 어떻게 살고 무슨 생각을 했는지
알 바가 없는 것.

3

하느님은 카운터에 놓여 있던 성모마리아상만은 거두시
었을까.

마음이 가난한 자는 복이 있나니

그에게는 따듯한 봄날의 기억이 없다.
그저 늘 추웠다.
시집가서 아들딸 낳고 키워 시집 장가 보내고
서방 잃고
아들딸 따라서 사글셋방 전셋집 떠돌면서
종잇장처럼 가벼워졌다가
마침내 폐지로 버려졌다.

폐지 더미를 실은 수레를
딸이 밀고 언덕을 올라가고 있다.
에미를 닮아 허리가 굽고 주름이 깊다.
그는 폐지 위에 쓰인 글귀를 입속으로 읽는다.
마음이 가난한 자는 복이 있나니……
에미가 평소에 버릇처럼 뇌던 말을 발견하고 그는 반갑다.
오늘 아침 집이 헐렸지만
중년의 아들은 직장에서 쫓겨났지만
그는 폐지로 바뀐 에미를 실은 수레를 밀면서
행복하다.

마음이 가난한 자는 복이 있나니.

인생은 나병환자와 같은 것이니

　얼마나 설레었을까. 아버지 어머니 따라 아름다운 서해 바다로 주말여행을 떠나면서. 밤잠도 설쳤으리 아침밥도 못 넘겼으리 너무너무 설레어서. 어찌 알았으랴 그렇게 떠난 그 아이 갑자기 밀어닥친 집채만 한 파도에 떠밀려 싸늘한 죽음으로 바뀌리라고. 다른 한 아이는 아버지 큰아버지 따라 할아버지 산소를 찾은 참이었다. 화사한 오월 바다가 너무 아름다워 큰아버지 쫓아 물에 손을 담가보다가 느닷없이 파도에 삼켜졌다.

　같은 날 수만리 떨어진 이라와디 삼각주에는 싸이클론이 밀어닥쳐 십여만명 가난하고 힘없는 사람들이 목숨을 잃었다. 소년들의 시신이 죽은 소와 돼지에 섞여 며칠씩 바닷가에 방치되었다. 거의가 집권자들의 횡포에 삶의 뿌리를 잃고 하루 일 달러의 벌이를 위해 도시로 나온 가출 소년들이다.

　다른 화면에는 바닷가의 하얀 교회가 나오고 있다. 인생은 나병환자와 같은 것이니 우리는 그 아픔도 더러움도 피해선 안된다고, 지금 부흥사는 신명이 났다. 성자가 길을 가다가 나병환자를 만났것다. 추워 죽겠으니 옷을 벗어달라고 해서 겉옷을 주니 이번에는 속옷까지 벗어달란다. 그랬더니 이번에는 따듯하게 안아달란다. 안아주었더니 그 나병환자가 예수로 바뀌었다. 나병환자를 더럽다고도 두렵다고도 생각지 않아서 마침내 예수를 만나게 된다는 얘기다. 오오, 주여, 사람들은 탄성을 올리고.

교회 밖에는 소년들의 비보를 알리는 신문을 들고 선 노인이 하나. 그 소년들이 예수로 바뀌는 허황된 꿈을 꾸는.

빨간 풍선
죽산* 서거 50해가 되는 날에

아무렇게나 죽여 아무렇게나 묻은 곳이 시내가 한눈에
내려다보이는 명당이다. 뒤로 굴참나무 상수리나무가 울창
하고 앞으로 산책길이 나 있어 산책객이 한둘 지나고 있다.
이 명당 덕에 그가 사랑한, 그를 죽인 나라가 번창하나보다
이런 덕담을 주고받으며.

차일 밑에서 도시락을 먹는 추도객들은 한결같이 늙었
다. 서로 멀뚱히 보다가 오십년 세월을 걷어내고서야 주름
과 백발 속에서 홍안의 젊은이를 찾아내어 반갑게 손을 내
민다. 서로 살아온 세월이 너무 달라 건강밖에 주고받을 얘
기도 없어서.

죽산은 죽어 무덤 속에 누워 있고 그를 따르던 젊은이들
은 무덤 옆에 앉아 소주잔을 기울인다. 아무것도 달라진 것
이 없다고 주름과 백발들은 은근히 말하고 싶어하는 듯, 하
지만 세상은 너무나 달라져, 그래서 모두들 너무 외로워서.

눈 돌려 바라보는 무덤가 소나무에 산책객이 버리고 간

빨간 풍선 하나가 걸려 있다. 세상이 버린 무덤과, 세상에서 버려져 살아온 사람들과 산책객이 버리고 간 빨간 풍선 뒤로 뉘엿뉘엿 여름 해가 진다 조금은 슬픈 얼굴로.

* 죽산(竹山): 조봉암의 아호. 죽산은 1959년 7월 31일 평화통일을 주장한 것이 빌미가 되어 간첩죄로 처형당했다.

섬

서울 한복판에 섬이 있다.
화려한 빌딩이나 찬란한 불빛과는 동떨어진 채
꽃도 피우고 새와 벌레도 키우지만
뜯어진 문짝이며 창틀
너저분한 라면 봉지와 소주병이 민망해
달빛도 피해 간다.
화려한 것들과 찬란한 것들이 한패가 되어
눈엣가시 보듯 하다가
불도저와 몽둥이로 섬을 산산조각 내어
끝내 먼바다에 내다버리는데.
시구문 밖으로 주검을 내치듯이.

이제 더 많은 섬이
서울 한복판에도 변두리에도 생겨나고 있다.
쌓인 쓰레기와 부서진 널빤지 속에
꽃과 새와 벌레를 기르는 섬이.
꽃향기와 새와 벌레의 울음소리로
온 서울을 들썩이게 하면서.

서울 한복판에서 산산조각 난 섬이,
서울이 시구문 밖으로 주검처럼 내쳤던 섬이.
꽃향기와 새와 벌레의 노랫소리로
온 서울을 들썩이게 하면서.

옛 나루에 비가 온다

백성이 낸 세금으로 오히려 나라가 나서서
강을 파헤치고 산을 허물고 있으니
나라는 망해도 산하는 남는다*는 옛 시구절은
이제 허사가 되었다.

불도저가 파헤치고 있는 것이
강바닥이 아니라 제 심장이라는,
다이너마이트가 무너뜨리고 있는 것이
바위너설이 아니라 제 팔다리라는,
오랜 촌로들의 항의 따위 한낱
힘없는 넋두리로만 들리는 강마을은 서럽다.

댐 공사를 반대하는 시위를 마치고
민물생선집에 모여 밥과 술을 먹는 우리는
모두 서울서 온 뜨내기들이다.
너희들이 여기서 살아보았느냐고 대드는
팔 하나가 없는 중년 앞에서 머쓱해 있다가
상에 나온 민물고기를 놓고

우스개를 주고받는다.

발파 소리도 불도저 소리도 그친 옛 나루에 비가 온다.
시위도 끝난 옛 나루에, 나룻배 대신 관광차가
줄지어 서 있는 옛 나루에
모두를 비웃듯 추적추적 철적은
비가 온다.

* 두보의 시 「춘망(春望)」의 첫 구절 '국파산하재(國破山河在)'에
 서 따왔음.

더불어 어우러지며 순정으로 여는 대동세상

이경철

가난한 한평생들이 살고 있는 집

나이 들어 눈 어두우니 별이 보인다
반짝반짝 서울 하늘에 별이 보인다

하늘에 별이 보이니
풀과 나무 사이에 별이 보이고
풀과 나무 사이에 별이 보이니
사람들 사이에 별이 보인다

반짝반짝 탁한 하늘에 별이 보인다
눈 밝아 보이지 않던 별이 보인다

—「별」 전문

서울 강남 봉은사에는 '판전(板殿)'이란 전각이 있다. 현판의 글씨는 추사 김정희가 세상을 떠나기 사흘 전에 쓴 것이라 전하는데, '칠십일과병중작(七十一果病中作)'이라 쓴 낙관이 붙어 있다. 서예에 통달한 추사가 71세에 이제 막 글씨를 배우는 어린아이처럼 또박또박 동자체(童子體)로 쓴 그 현판과 낙관의 글씨를 절은 물론 서예가들도 보물로 여긴다.

서예에 문외한인 나도 강남에서 일하던 시절 틈만 나면 봉은사를 찾아가 그 현판을 올려다보곤 했다. '기교는 없으나 예스럽고 소박한 멋'을 맛보기 위해. 그렇게 수십날 수백번을 올려다보았을 때 문득 우주가 기우뚱하는 깨달음과 그 '고졸(古拙)'한 멋을 온몸의 전율로 느낄 수 있었다.

한획 한획 곧이곧대로 나아가다 가운데 한획은 다 긋지 않고 그냥 점으로 찍어놓았다. 그 기우뚱하는 점 하나가 우주 삼라만상을 역동적으로 떠받치는 대들보 혹은 항심(恒心)은 아닐까 하는 깨달음. 그런 깨달음과 고졸한 멋이 봉은사 건너편의 '코엑스몰'이 상징하는 글로벌한 현대문명을 여전히 인간답게 떠받치는 보물은 아닐는지.

신경림 시인의 열한번째 시집 『사진관집 이층』의 시편들을 보며 그때 추사의 동자체 글씨에서 받은 전율이 그대로 전해왔다. 나이 팔순에 시력(詩歷) 환갑을 앞두고도 위에 올린 「별」같이 맑고 순수하고 단순한 시편들을 선보이고 있으니. 한평생 가난한 삶들에서 우러나오는 이야기들을 고졸하게 읊조리며 인생에 대한 깨달음을 주고 있으니.

신경림 시인이 누군가. 우리 사회와 시단의 올곧은 원로이면서 국민들에게 널리 애송되고 있는 시인 아닌가. 일찍이 가난한 이들과 더불어 살며, 헛된 관념이 아닌 우리네 삶을 우리네 눈높이로 실감나게 노래하여 '민중적 서정시'의 세계를 연 시인 아닌가. 그런 시인이 이제 한평생의 실감으로 우주 뭇 생령의 삶과 꿈을 고졸하게 담고 있으니 가슴 쩌릿한 전율이 일 수밖에.

어려서부터 집에 붙어 있지 못하고
미군 부대를 따라 떠돌기도 하고
친구들과 어울려 먼 지방을 헤매기도 하면서,
어머니가 본 것 수천배 수만배를 보면서,
나는 나 혼자만 너무 많은 것을 보는 것을 죄스러워했다.
하지만 일흔이 훨씬 넘어
어머니가 다니던 그 길을 걸으면서,
약방도 떡집도 방앗간도 동태 좌판도 없어진
정릉동 동방주택에서 길음시장까지 걸으면서,
마을길도 신작로도 개울도 없어진

고향집에서 언덕밭까지의 길을 내려다보면서,
메데진에서 디트로이트에서 이스탄불에서 끼예프에서
내가 볼 수 없었던 많은 것을
어쩌면 어머니가 보고 갔다는 걸 비로소 안다.

정릉동 동방주택에서 길음시장까지,
서른해 동안 어머니가 오간 길은 이곳뿐이지만.
　　　　　　　—「정릉동 동방주택에서 길음시장까지」 부분

　시인의 어머니는 서울살이 삼십년 동안 정릉동 집에서 바로 아래 길음시장까지만 오가며 사셨다. 그전 고향살이 삼십년 동안에도 역시 집에서 언덕밭까지만 오가며 사셨다. 그 짧은 길에도 "듣고 보는 일이 이렇게 많"고 "아름다운 것,/신기한 것 지천"이라며.

　그런 어머니와 달리 시인은 어려서부터 늘 떠돌았다. 친구 따라 전국을 헤매기도 하고 나이 들어서는 지구촌 곳곳을 돌아다니며 "혼자만 너무 많은 것을 보는 것"이 '죄스러울' 정도였다는 이야기를 솔직하고 담담하게 들려준다.

　그러면서 이제 시인도 어머니 나이가 되어가자 자신이 못 본 많은 것을 어머니는 보고 가셨다는 것을 비로소 '안다'고 실토한다. '안다'는 그 발견, 깨달음은 결코 과장되거나 심오한 것들이 아니다. 한평생 그런대로 살아낸 보통 사람이라면 누구든 온몸으로 느꼈을 법한 것들이다. 이번 시집은 그런 깨달음이 실감(實感)과 실정(實情)으로 살고 있는 한평생의 집으로 읽힌다.

이 지번에서 아버지는 마지막 일곱해를 사셨다.
아들도 몰라보고 어데서 온 누구냐고 시도 때도 없이 물어쌓는
망령 난 구십 노모를 미워하면서,
가난한 아들한테서 나오는 몇푼 용돈을 미워하면서,
(…)

안양시 비산동 489의 43,
이 지번에서 아버지는 지금도 살고 계신다.
—「안양시 비산동 489의 43」 부분

망령이 든 노모와 가난한 아들과 "돌아가셔도 눈물 한방울 안 보일" 매정한 아내를 미워하면서, 산동네를 환히 비추는 달빛마저 미워하면서 아버지는 "죽어서도 떠나지 못할" 산동네에서 살다 돌아가셨다. 아니, 시인은 그 "지번에서 아버지는 지금도 살고 계신다"고 말한다.

그런 아버지, 어머니는 단지 한 개인이 아니라 이제 그 나이가 된 시인은 물론 뜻대로 안되는 세상을 미워하며 여전

히 가난하게 살고 있는 우리네 한평생이 된다. 일찍이 사별한 아내와의 가난한 삶과 사랑 또한 마찬가지이다.

> 떠나온 지 마흔해가 넘었어도
> 나는 지금도 산비알 무허가촌에 산다
> 수돗물을 받으러 새벽 비탈길을 종종걸음 치는
> 가난한 아내와 함께 부엌이 따로 없는 사글셋방에 산다
> (…)
>
> 세상은 바뀌고 바뀌고 또 바뀌었는데도
> 어쩌면 꿈만 아니고 생시에도
> 번지가 없어 마을 사람들이 멋대로 붙인
> 서대문구 홍은동 산 일번지
> 떠나온 지 마흔해가 넘었어도
> 가난한 아내와 아내보다 더 가난한 나는
> 지금도 이 번지에 산다
> ─「가난한 아내와 아내보다 더 가난한 나는」 부분

시인은 이번 시집에서 어머니, 아버지, 아내 등 가족과 일가친척, 고향의 풍물을 다룬 시를 앞쪽에 배치하고 있다. 그들은 이제 모두 떠나고 "세상은 바뀌고 바뀌고 또 바뀌었는데도" 시인은 여전히 꿈인 듯 생시인 듯 그들과 더불어 살

아가며 삶의 애환을 같이하고, 바뀐 세상에서도 바뀔 수 없는 소중한 것들을 찾아가는 삶의 이야기를 도란도란 들려준다.

우리네 한평생을 꿰는 스무살의 그리움과 이상

아침이면 다시
활기차게 집을 나온다
입때까지 못 보던 것 무언가
어제 보았다고 생각하면서
그게 무언지 오늘
찾아야겠다 생각하면서
정릉에서 서른해를 넘게 살면서

—「정릉에서 서른해를」 부분

시인은 눈에 익은 익숙한 동네에서 무언가 못 본 것, 새로운 것을 보고 찾으려고 매일매일 "활기차게" 살아간다. 그러다 "아주 먼 데./말도 통하지 않는, 다시 돌아올 수 없는,/그 먼 데까지 가자고"(「먼 데, 그 먼 데를 향하여」) 멀리 떠나기도 한다. 그러나 그곳에서 본 것들도 너무 낯익고 익숙한 것들뿐이다.

"산 너머 저쪽 하늘 저 멀리/행복이 있다고 말들 하기에/아, 남을 따라 행복을 찾아갔다가/눈물만 머금고 돌아왔습니다"라는 까를 부세(K. Busse)의 시구처럼 시인도 '저 멀리' 떠나고 있다. 부세처럼 '행복'이라는 추상이나 신기한 것을 찾다가 눈물만 머금고 돌아오는 낭만적 치기를 넘어 익숙함, 그것의 본질을 들여다보려 떠나는 것이다.

시인은 나라와 인종은 달라도 사람 사는 모습은 한결같음을 안다. "사람 사는 곳/어디인들 크게 다르"지 않고, "아내 닮은 사람과 사랑을 하고/자식 닮은 사람들과 아웅다웅 싸우"(「먼 데, 그 먼 데를 향하여」)면서 살아가는 한평생은 다 같은 것이라는 현실적 깨달음을 얻는다.

도무지 내가 풀 속에 숨은 작은 벌레보다
더 크다는 생각이 들지 않는다.

내가 가서 살 저세상도 이와 같으리라 생각하니
갑자기 초원이 두려워진다.

세상의 소음이 전생의 꿈만 같이 아득해서
그립고 슬프다.

—「초원」 부분

아웅다웅 살아가는 세속적 소음은 다 사라지고 별들이 잠자는 소리, "쌔근쌔근 코 고는 소리까지 들릴" 듯한 초원의 적막 속에서 시인은 "세상의 소음"을 그리워한다. 적막이나 적멸 같은 가없는 초월이 아니라 아등바등 살아가는 우리네 삶에 뿌리 내린 시인의 현실의식이 진솔하게 드러나는 대목이다.

그래 시인은 "이쯤에서 돌아갈까보다" 하고 오랜 시간 혼자 달려간 길을 다시 돌아온다. "차를 타고 달려온 길을/터벅터벅 걸어서/보지 못한 꽃도 구경하고/듣지 못한 새소리도 들으면서"(「이쯤에서」) 낯익은 것을 낯익게 하는 것, 사람들과 세상을 한결같게 하는 것은 무엇인가 되짚어보며.

오랫동안 그애를 찾아 헤매었나보다. 그리고 언제부턴가 그애가 보이기 시작했다. 강나루 분교에서, 아이들 앞에서 날렵하게 몸을 날리는 그애가 보였다. 산골읍 우체국에서, 두꺼운 봉투에 우표를 붙이는 그애가 보였다. 활석 광산 뙤약볕 아래서, 힘겹게 돌을 깨는 그애가 보였다. 서울의 뒷골목에서, 항구의 술집에서, 읍내의 건어물점에서, 그애를 거듭 보면서 세월은 가고, 나는 늙었다. 엄마가 되어 있는, 할머니가 되어 있는, 아직도 나를 잊지 않고 있는 그애를 보면서 세월은 가고, 나는 늙었다.

하얀 찔레꽃은 피고,

또 지고.

——「찔레꽃은 피고」 부분

이성에 막 눈뜨기 시작한 시절 고향에서 함께 자란 소녀. 전쟁 이후 행방이 묘연했던 그애가 언제부턴가 시인의 눈에 보이기 시작했다. 산골 우체국, 광산, 서울의 뒷골목, 항구의 술집 등 곳곳에서 그애가 보이고, 그애를 보면서 시인은 늙었다는 것.

그렇다면 '그애'는 누구일 것인가. 처음에는 시인에게 첫 순정의 소녀, 구체적 대상이었을 것이다. 그리고 까를 부세의 '행복'이며 동경과 꿈, 그리움과 이상이라는 낭만의 추상적 목록이었을 것이다. 누구에게든 사춘기와 질풍노도의 젊은 시절에 있게 마련인.

그러다 시인이 언제부턴가 다시 보게 된 '그애'는 세상 사람 모두이다. 젊었을 적의 순정과 동경을 여전히 지니고 아등바등 살아가는 우리 모두의 한평생이다. 찔레꽃이 피어 그리움의 향기가 천지간을 가득 채우고 또 지는 것 같은 우리네 삶이다.

해서 '그애'는 이 글 맨 앞에 올린 시 「별」에서 보듯, 별같이 반짝이는 사람들의 세상이 된다. "사람들 사이에 별이 보인다"며 시인은 늘상 '그애'를 보며, 한평생 모든 세상과 모든 세월을 아우르는 공시적·통시적 시공의 축이 스무살 첫 마음 첫 순정임을 깨닫는 것이다. "그 툇마루에 가 앉아 있고 싶다, 네 등 뒤에 숨어./네 가슴팍 사이에 숨어, 너로 해서 비로소 스무살이 되어"(「네 머리칼을 통해서, 네 숨결을 타고」)에서처럼.

아직 끝나지 않은 우리들의 노래여!

백성이 낸 세금으로 오히려 나라가 나서서
강을 파헤치고 산을 허물고 있으니
나라는 망해도 산하는 남는다는 옛 시구절은
이제 허사가 되었다.

불도저가 파헤치고 있는 것이
강바닥이 아니라 제 심장이라는,
다이너마이트가 무너뜨리고 있는 것이
바위너설이 아니라 제 팔다리라는,
오랜 촌로들의 항의 따위 한낱
힘없는 넋두리로만 들리는 강마을은 서럽다.

　　　　　　　　　　　　　　　—「옛 나루에 비가 온다」 부분

시인은 또 4대강 공사로 강바닥이 파헤쳐지는 것을 촌로들, 백성들과 함께 제 가슴을 도려내는 듯 아파하고 탄식한다. 그러면서 두보의 절창 「춘망(春望)」의 첫 구절을 인용해놓았다. 장쾌하게 현실을 초월해버린 시선(詩仙) 이백과 달리 백성들 틈에서 그들의 삶과 세상 돌아가는 형편을 실감으로 담담하게 읊은 두보는 시성(詩聖)으로 통한다.

나는 진작부터 신경림 시인의 그런 시적 자세와 시에서 우리 시대의 두보임을 읽어내고 남들에게도 그렇게 말해왔다. 저잣거리에 섞여 함께 살아가면서 그들의 아픔과 고통을 끌어안는 자세에서. 머리로 짜내는 어려운 시가 아니라 저절로 흥얼흥얼 노래가 되어가는 운율에서. 이러한 느낌은 시집의 마지막 장을 덮을 때까지 확고하게 이어진다.

그의 가난과 추위가 어디 그만의 것이랴.
그는 좁은 어깨와 야윈 가슴으로 나의 고통까지 떠안고
역 대합실에 신문지를 덮고 누워 있다.
(…)

그들의 아픔, 그들의 슬픔을 모두 끌어안고서.
　　　　　　　　　　　　　　　　　　　　　─「나의 예수」 부분

우리 사회에서 가장 소외되고 가난한 자의 대명사가 된

노숙자를 시인은 대뜸 '나의 예수'라 부르고 있다. 이 세상을 아파하는 마음, 우국(憂國)의 고통을 그가 대신 떠안고 대속(代贖)하는 것으로 보였기 때문이리라. 그들의 아픔과 슬픔을 대신 끌어안으며 위무해주었던 시인이 이제는 그들이 자신의 그런 아픔까지를 끌어안고 있다는 이심전심의 대자대비라니.

아무래도 나는 늘 음지에 서 있었던 것 같다
개선하는 씨름꾼을 따라가며 환호하는 대신
패배한 장사 편에 서서 주먹을 부르쥐었고
몇십만이 모이는 유세장을 마다하고
코흘리개만 모아놓은 초라한 후보 앞에서 갈채했다
(…)

쓰러진 것들의 조각난 꿈을 이어주는
큰 손이 있다고 결코 믿지 않으면서도
　　　　　　　　　　　　　　　—「쓰러진 것들을 위하여」부분

　시인은 "쓰러진 것들을 위하여" 살며 그런 시를 써왔다. 스무살의 이상과 꿈이 현실세상에서 조각조각 부서지더라도 그 순정을 실감으로 간직하고 시를 써왔다. 이루지 못한 "조각난 꿈을 이어주는/큰 손"은 애초부터 믿지 않았다. 장

밋빛 전망이니 이념 따위는 믿지 않고 자신의 첫 순정, 그것을 똑같이 지니고 있는 사람들의 실감과 실정을 그들의 눈높이에서 그들과 더불어 믿어왔다. 그 실감과 실정으로 더불어 사는 삶이 다시 꿈과 이상으로 더불어 터져나오는 시 한편을 마지막으로 감상해보자.

　　이 땅에 살아 있는 모든 것을 위하여
　　더불어 숨 쉬고 사는 모든 것을 위하여
　　내 터를 아름답게 만들겠다 죽어간 것을 위하여
　　이 땅을 화려하게 수놓고 있는 것을 위하여
　　땅속에서 깊고 넓게 숨어 있는 것을 위하여
　　언젠가 힘차게 솟아오를 것을 위하여
　　(……)

　　더불어, 이 땅을 아름답게 만들고 있는
　　사람들과 더불어 새와 더불어 나비와 더불어
　　살아 있는 것 죽어간 것과 더불어
　　나는 추리 나의 춤을 목숨이 다하는 날까지
　　세상 끝까지 하늘 끝까지 날아오르면서
　　눈물과 더불어 한숨과 더불어 통곡과 더불어
　　　　　　　　—「이 땅에 살아 있는 모든 것을 위하여」부분

"이애주의 춤 '우리 땅 터벌림'에 부쳐"라는 부제가 달린 것으로 보아 춤에 바쳐진 시이다. 더불어 신경림 시인의 시의 신명에 바쳐진 시로 내겐 읽힌다. 이 시의 주어, 주인은 누가 보더라도 '더불어'일 것이다.

숨 가쁘게 터져나오며 이어지는 '더불어'로 해서 춤과 시가 하나가 되고, 사람이며 새며 나비며 이 땅에 살아 있는 모든 것이 하나가 된다. 죽어간 모든 것과 "언젠가 힘차게 솟아오를" 모든 것이 하나가 된다. 과거-현재-미래의 시간이 하나가 되고, 하늘과 땅과 그 사이 모든 공간도 하나가 된다. 스무살의 그 순정으로 우주 삼라만상 모든 것이 하나가 되어 대동세상을 여는 주인이 '더불어'이다.

이번 신작 시집 『사진관집 이층』은 그렇게 더불어 사는 우리네 우주 뭇 생령의 한평생이 오롯이 담긴 집이다. 그렇게 한평생 살아온 시인의 애환과 깨달음이 담긴 집의 대들보는 스무살의 꿈과 순정이다. 신경림 시인의 스무살 청춘의 설렘과 시 쓰기가 천년만년 계속되어 우리 시를 건강하게 이끌기를 기원한다.

李京哲 | 문학평론가

늙은 지금도 나는 젊은 때나 마찬가지로 많은 꿈을 꾼다. 얼마 남지 않은 내일에 대한 꿈도 꾸고 내가 사라지고 없을 세상에 대한 꿈도 꾼다. 때로는 그 꿈이 허황하게도 내 지난날에 대한 재구성으로 나타나기도 한다. 꿈은 내게 큰 축복이다.

시도 내게 이와 같은 것일까.

2014년 1월
신경림

창비시선 370

사진관집 이층

초판 1쇄 발행／2014년 1월 20일
초판 13쇄 발행／2024년 6월 13일

지은이／신경림
펴낸이／염종선
책임편집／김선영
펴낸곳／(주)창비
등록／1986년 8월 5일 제85호
주소／10881 경기도 파주시 회동길 184
전화／031-955-3333
팩시밀리／영업 031-955-3399 편집 031-955-3400
홈페이지／www.changbi.com
전자우편／lit@changbi.com

ⓒ 신경림 2014
ISBN 978-89-364-2370-4 03810